Adieu au Pensionnat

Y+

LES
ADIEUX AU PENSIONNAT

LES VACANCES

LA RELIGION PERSONNIFIÉE

PETITS DISCOURS.

LYON
IMPRIMERIE D'ANDRÉ PERISSE
IMPR. DE N. S. P. LE PAPE ET DE S. ÉM. LE CARDINAL-ARCHEVÊQUE.
1862

TABLE

Les Adieux au Pensionnat. Page 1

Les Vacances. 7

La Religion personnifiée. 13

Discours d'ouverture, avant le Dialogue JUGEMENT NATIONAL. 29

Discours de clôture, après le même Dialogue. 30

Discours de clôture pour faire suite au Dialogue LES PRÉTENDANTS A LA COURONNE. 32

Discours de clôture pour faire suite au Dialogue LA LANGUE ÉTUDIÉE DANS SES PRINCIPES. 35

Discours divers pour les distributions de prix. 38

A un Protecteur spécial des études. 47

L'Ange Gardien, 48

LES
ADIEUX AU PENSIONNAT

PERSONNAGES :

MARIE.
EUGÉNIE.
ESOLINE.

HÉLÈNE.
CATHERINE.

MARIE.

Adieu... Je vais quitter ce séjour d'innocence,
Cet asile de paix, de calme et de bonheur,
Cet asile où grandît le lis de mon enfance,
Cet asile si cher où se forma mon cœur.
Adieu, je vais quitter ces bien chères maîtresses,
Qui veillaient sur ma vie avec un tendre amour,
Et dont la vigilance et les tendres caresses,
Pour faire mon bonheur m'entouraient chaque jour.

HÉLÈNE.

Que tu parais émue, ô ma chère Marie,
Ton cœur est agité,.. tu souffres, je le vois !

MARIE.

Oh ! quitter pour toujours cette maison chérie !

CATHERINE.

Tu n'es pas seule; hélas ! nous partons avec toi !

EUGÉNIE.

Oh ! sous le même abri nous aimions nos compagnes,
Nous vivions doucement comme vivent des sœurs,
Et voilà que demain l'écho de nos montagnes
Au loin répétera nos adieux et nos pleurs.

HÉLÈNE , *à Marie.*

Nous ne verrons donc plus cette grande terrasse
Où nous causions tout bas sous les arbres discrets ;
Mais souvent mon esprit cherchera cette place
Où nous venions ensemble épancher nos secrets.

ESOLINE.

Il faut aussi laisser notre chère chapelle,
Où nous allions prier notre Mère des cieux ;

Oh ! que j'aimais alors à rester sous son aile,
Là je ne craignais rien, mon cœur était joyeux.

MARIE.

Nous allions chaque soir lui rendre nos hommages,
Lui confier notre âme et lui porter des fleurs ;
Et lorsque tout le jour nous avions été sages,
On la voyait sourire et parler à nos cœurs.
Ou bien quand nous avions contristé notre Mère,
Bien vite, nous venions en pleurs à ses genoux,
Et voilà qu'aussitôt après notre prière,
Son cœur nous pardonnait en s'inclinant vers nous.

CATHERINE.

Nous ne pourrons donc plus lui tresser sa couronne,
Parer son frais autel et son front gracieux,
La supplier aussi d'être notre patronne,
De garder nos cœurs purs comme nos rubans bleus.

TOUTES.

Gardons nos rubans bleus, c'est là notre livrée.

EUGÉNIE.

C'est notre sauvegarde ! oh ! ne les quittons pas.

HÉLÈNE.

Si le monde voulait nous montrer ses appas
Et nous donner le fiel de sa coupe dorée,
Regardons nos rubans, pressons-les sur nos cœurs,

Et notre douce Mère, et la Vierge Marie,
Connaissant ses enfants à sa couleur chérie,
Brisera sous ses pieds nos ennemis trompeurs.

EUGÉNIE.

Oh ! c'est vrai, c'est bien vrai, ma bonne et tendre Mère,
Conduis, soutiens toujours les pas de tes enfants ;
Loin de cette maison, pour nous ciel de la terre,
Garde-nous du naufrage et des traits des méchants.

MARIE.

Pour la première fois ma timide nacelle
Essaiera de voguer sur l'océan furieux.
Ah !

HÉLÈNE.

   Comme toi j'ai peur, comme toi je chancelle…
On dit de cette mer les écueils si nombreux.

CATHERINE.

Oui, mais quand la tempête effraira notre voile,
Nous nous rappellerons le séjour du couvent ;
Et son doux souvenir sera comme une étoile
Qui nous protégera contre les coups du vent.

EUGÉNIE.

Adieu donc, ô couvent, ô maîtresses chéries
Ô fidèle berceau des jours les plus heureux.

AU PENSIONNAT.

J'emporte dans mon cœur tes émotions bénies
Puissé-je retarder le moment des adieux !

ESOLINE.

Adieu, Pasteur si bon, dont la houlette sage
Nous conduisit toujours avec tant de douceur !
Reçois en ce grand jour notre dernier hommage.

HÉLÈNE.

Puissent tes cheveux blancs vivre du vrai bonheur !

MARIE.

Parmi ton cher troupeau, quand tu venais, bon Père,
On te voyait sourire à nos faibles progrès ;
Toujours bon, indulgent, de l'élève légère
Tu savais adoucir les larmes, les regrets,
Tes avis paternels et ta sainte parole
Sans bruit et sans éclat savaient toucher nos cœurs.

ESOLINE.

La modeste violette est ton humble symbole.
Adieu ! répand longtemps tes suaves odeurs.

HÉLÈNE.

Et nous qu'un lien si pur a bien longtemps unies,
Nous qui de l'amitié connaissons les douceurs,
Il faut nous séparer, ô mes chères amies,
Adieu ! mais loin d'ici soyons toujours des sœurs.

EUGÉNIE.

Adieu... séparons-nous,

MARIE.

Mais unissons nos cœurs.

TOUTES.

Adieu ! séparons-nous, mais soyons toujours sœurs.

LES VACANCES

PERSONNAGES :

MARIE.
CÉLINE.
THÉRÈSE.
CLOTILDE.
ANNETTE.

LOUISE.
MARGUERITE.
ANGÉLINE.
JENNY.
CÉLESTINE.

MARIE.

Ah ! quel bonheur ! mes vacances chéries
Vont commencer... Sautons, rions gaîment.
En avant la gaîté, vivent les causeries !...

CLOTILDE.

Guerre au silence ! oui, qu'il meure à l'instant.

JENNY.

Rien n'est si doux qu'un grand mois de vacance !

ANNETTE.

Que de plaisirs ! je les vois tous d'avance !

CÉLINE.

Point de devoirs, point de tristes leçons ,
Joyeux goûters, amusantes chansons,
Ah ! quel bonheur ! quelle aimable journée !

LOUISE.

Tous mes loisirs seront pour ma poupée,
Je ne veux pas la mettre en pension.

MARIE.

Tu prendras soin de son éducation,
Tu l'instruiras.

LOUISE.

    Et pourquoi pas, Marie !
Je lui dirai : Sois sage et bien polie,
Humble, docile et pleine de douceur ;
Je déploîrai la plus constante ardeur.
Pour la former, cette petite fille ;
Je la voudrais si douce, si gentille,
Un Ange enfin...,

MARIE.

    Oh ! l'habile maîtresse !
Que je languis de voir cette prouesse !
Oh ! quel travail trop dur à supporter....
Il faudrait !... Quoi !... Je crains de l'attrister...

LOUISE.

Non, non, j'oublie et pardonne aujourd'hui.

MARIE.

Corrigeons-nous pour corriger autrui.

LOUISE.

Assez... assez, je comprends ta malice :
Sur mes défauts tu veux que je gémisse,
C'est entendu !... puisque dès à présent
Je serai sage à l'égal de maman.
Et de quoi riez-vous ?

CLOTILDE.

De ton langage.

LOUISE.

Mais ne vous moquez pas, enfants, de mon jeune âge,
Car mille d'entre vous n'en feraient tant que moi.

MARIE.

Nous verrons, nous verrons. J'emploîrai bien mes heu-
Sans être institutrice et maman comme toi.   [res
Mais !... qu'as-tu donc, Jenny, toi seule tu demeures
Morne et silencieuse en ce jour si joyeux !

JENNY.

Je rêve, laisse-moi, je prépare mes jeux,
　Mes plans,

THÉRÈSE.

Quelle mine sérieuse!
Oh! mais pour méditer je me sens trop joyeuse.

CLOTILDE.

Oh! je l'aime beaucoup, ce jour charmant des prix!
Il nous vient du bon Dieu, de son beau paradis.
Ah! peut-il exister de jour plus doux encore?
Cependant...

THÉRÈSE.

Eh quoi donc!... Quelle douleur amère.
Quel chagrin, quel ennui peux-tu donc entrevoir?

CÉLINE.

Ah! sur mon front je sens comme un nuage
C'est la ... de l'appui de notre âge.
Écoutez!... Ah! dites-moi, vous élevez ressentir
Ce qui vient ...

THÉRÈSE.

Oh! oui, c'est malgré moi que je sens quelque chose
... fête, ... mon bonheur;
Mais je ne saurais pas ... la cause.

CÉLINE.

Pourquoi de ce beau jour troublez-vous la douceur!

CLOTILDE.

Ah! reviens, ma Clotilde ... nos maîtresses

Qui nous donnent souvent de si douces caresses,
Je sens toujours des pleurs s'échapper de mes yeux.

THÉRÈSE.

Allons, ne sois pas triste, ô ma bonne Marie.
Nous reverrons bientôt cette maison bénie ;
Tu le sais, dans un mois nous rentrons au couvent.

MARGUERITE.

Oh ! oui, consolons-nous.

THÉRÈSE.

Hélas ! ce mois charmant

THÉRÈSE.

Bientôt sera passé, car ces heures chéries
S'écouleront trop tôt, vous verrez, mes amies.

CLOTILDE.

Laissons tous les chagrins. Il ne faut que rêver
Au repos gracieux que nous allons goûter.

MARGUERITE.

Oh ! oui, pour nous quelle heureuse journée !
Mon cœur palpite en voyant ces beaux prix.

THÉRÈSE.

Dans un instant, la tête couronnée,
J'irai revoir tous mes parents chéris.
Bientôt, dans les bras de ma mère

Je volerai ; puis mon cœur triomphant
Caressera cet ange de la terre
Que Dieu créa sous le nom de Maman.

CLOTILDE.

Avec amour j'embrasserai mon père,
Je lui dirai : Oh ! vois dans ton enfant
Le rejeton dont ta tendresse est fière ;
De ton bonheur elle est le doux garant.
A mon amour répondra son sourire ;
J'entends déjà prononcer près de moi
Ces mots : Enfant, ton père ne désire
Que ton bonheur, il ne vit que pour toi.
Puis une voix, c'est la voix de ma mère,
Dit : Mon enfant, oui, tu nous rends heureux.
Dans cet espoir si doux, si salutaire ,
Qu'ils seront beaux, qu'ils seront gais mes jeux !

CÉLINE.

Dans cette heureuse attente, il faut nous retirer.

CLOTILDE.

Un tout petit instant, laissez-moi contempler
Ces verts lauriers, ces fleurs, ces couronnes charmantes:
Si nous les remportions, que nous serions contentes !

CÉLINE.

Je pressens pour le moins une humble récompense :
Ainsi, retirons-nous le cœur plein d'espérance.

LA
RELIGION PERSONNIFIÉE

PERSONNAGES :

LA RELIGION.
SUZANNE.
MARIE.
TONINE.
ESTELLE.
ANNETTE.

ADÉLAIDE.
CLOTILDE.
HENRIETTE.
HÉLÈNE.
EUGÉNIE.

*Les Élèves sont placées sur le théâtre, une d'elles vient
en courant annoncer une visite.*

CLOTILDE.

Je viens de la part de ces Dames vous annoncer
une visite.

SUZANNE.

Quelle visite ?

MARIE.

Qu'en sais-je ! on ne me l'a pas dit.

TONINE.

Allons, c'est une farce !

MARIE.

Pas du tout, je viens de rencontrer notre première Maîtresse qui m'a expressément recommandé de vous dire que vous vous montriez aussi respectueuses qu'empressées auprès de la personne qui va venir parmi nous.

ESTELLE.

Je trouve cette visite bien importune ; elle va retarder l'heureux instant qui doit nous réunir à nos bons parents.

LA RELIGION, *entrant*.

(Elle a une couronne d'épines sur la tête et une croix à la main.)

Enfants chéries du Ciel, pure et candide jeunesse, je viens à vous, conviée par la voix des célestes Gardiens de votre innocence.

ADÉLAÏDE.

Par nos Anges gardiens ?

LA RELIGION.

Oui, enfants ; tous, prosternés en ce jour aux pieds du Très-Haut, ils ont sollicité pour vous les faveurs divines. Hélas ! ils tremblent pour le sort de votre frêle esquif, qui demain ne s'abritera plus dans le port assuré du couvent. Et moi, votre guide et votre mère, je partage leurs craintes. Oui, j'ai peur !...

EULALIE.

Oh ! qui êtes-vous donc, aimable visiteuse, et d'où vous viennent vos alarmes ?

LA RELIGION.

Eh quoi ! vous ne me reconnaissez pas ? Vous ne reconnaissez pas la Religion, se personnifiant à vos yeux, pour se rendre plus accessible à votre adolescence ?

EULALIE.

A la tendresse de votre voix, nos cœurs vous auraient devinée, céleste Religion, si nos yeux n'avaient aperçu les longues épines qui ceignent votre tête.

HENRIETTE.

Toujours vous avez été pour nous si suave, que jusqu'à ce jour nous n'avons pas soupçonné que vous offriez à vos enfants, avec de douces jouissances, de sanglantes épines.

LA RELIGION.

C'est à dessein, mes enfants, qu'on vous a laissées dans cette heureuse ignorance ; c'est encore moi qui ai conseillé à vos sages Mentors de voiler à vos yeux l'avenir et ses orages, et de faire savourer à vos jeunes cœurs les délices de la vertu, dégagées de toute amertume.

EULALIE.

Je comprends ce voile mystérieux , image des mystères que vous offrez à notre esprit. Je m'explique que vous montriez à nos yeux ce mémorial du Calvaire, ce gage sacré de notre rédemption ; mais pourquoi des épines sur votre noble front ? N'êtes-vous pas triomphante, surtout dans notre belle France ?

LA RELIGION.

Hélas ! mes enfants, je suis une reine, c'est vrai, mais une reine exilée, voilà pourquoi mon diadême est formé des enseignes de la douleur. Mon véritable royaume est au ciel, au ciel votre patrie , et je ne suis venue dans cette vallée de larmes que pour vous apporter un rayon de bonheur, et vous donner le secret et les moyens de le posséder un jour dans toute son étendue. Aussi, voyez un peu ce que j'ai fait : Après avoir déposé dans vos âmes, par l'eau baptismale, le germe des élus , j'ai voulu que dans les bras d'une mère pieuse vous apprissiez à connaître les ineffables émotions d'une âme qui s'élève vers son Créateur, et exhale vers lui les soupirs de son amour et de sa reconnaissance. Puis, pour vous, j'ai créé cet asile bienfaisant, où le jeune âge trouve tout à la fois et les tendresses maternelles et le flambeau qui dissipe les ténèbres de l'intelligence, et surtout le feu sacré qui anime le foyer de toutes les vertus morales. Je puis donc vous dire : Enfants, vous êtes privilégiées, tout dans le ciel et sur la terre s'unit pour vous donner le bonheur. C'est vrai, très-vrai ; et cependant, je le répète , pour vous, je tremble ; pour vous, j'ai peur.

EULALIE.

Eh quoi ! la douce félicité que nous avons goûtée jusqu'à ce jour, serait-elle à son déclin !... Oh ! dites, quel malheur nous menace ?

LA RELIGION.

Dois-je en ce jour de triomphe attrister vos cœurs ? Aurais-je le courage de faire pâlir l'allégresse qui rayonne sur ces jeunes fronts ?... *Elle réfléchit, puis s'écrie :* Oui , leurs intérêts les plus chers le réclament. *S'adressant aux Elèves :* Mes enfants, quelque graves et sévères que soient mes accents en ce jour , daignez leur prêter une oreille attentive.

ANNETTE.

Nous voici prêtes à vous écouter, à vous suivre, s'il le faut.

LA RELIGION.

Jusqu'à présent, guidées par le flambeau de la foi, vous avez puisé à longs traits aux sources du vrai bonheur ; le trouble des passions n'a point encore obscurci ces divines clartés qui vous frayent le sentier de la vertu ; la journée du plaisir n'est point venue enivrer votre âme et vous faire choir dans l'heureuse voie que parcourent vos pas innocents. Mais cette heureuse époque de votre existence, cette première phase de votre vie , toute composée de joies naïves et de chastes plaisirs, ne peut durer toujours. Vous êtes , mes enfants, à une époque de transition. Aux faciles devoirs d'une pensionnaire, vont succéder les obligations d'une jeune fille qui apparaît dans la société ; à cette atmosphère si calme, si parfumée de vertu, va succéder l'air brûlant et *méphitique* du monde. Enfin, la scène, changée pour vous, n'offrira bientôt à vos regards que de tristes écueils, que de dangereux récifs. Ah ! la Religion peut-elle à ce moment solennel rester pour vous indifférente ?... Non, ses angoisses sont indéfinissables, et elle vient aujourd'hui vous entourer de toutes ses sollicitudes; vous prêter son céleste appui...

EULALIE.

Vos paroles ont jeté l'effroi dans notre âme. Oh! de grâce, protégez-nous, nous ne voulons pas périr !

ADÉLAÏDE.

Nous, oublier notre Dieu, ternir son image !...

TOUTES ENSEMBLE.

Non, non, jamais !...

ANNETTE.

Notre cœur est fait pour le ciel, pour une éternelle félicité; les biens de ce monde ne sauraient le charmer.

LA RELIGION.

Je vous félicite, mes enfants, de vos bonnes dispositions ; il m'est doux de voir mes préceptes profondément inculqués dans votre esprit, ma morale gravée dans votre cœur, et mes divines espérances régler vos désirs. Ah! intéressantes créatures, que ne puis-je à l'instant déposer sur votre front le diadême de l'immortalité!... Mais, que dis-je? l'heure du combat sonne pour vous... Allez donc, jeunes athlètes, entrez dans la lice. Mais avant, recevez les armes que je vous présente.

EULALIE.

Ah! oui, armez nos bras ; car nous voulons combattre, mais combattre un bon combat.

LA RELIGION, *leur donnant une croix*.

Voici la croix que doivent porter vos jeunes épaules ; si parfois elle vous devient pesante, efforcez-vous d'être généreuses. Oh ! ne permettez pas que le murmure souille vos lèvres, soumettez-vous d'esprit et de cœur à la volonté de Dieu dont la main, alors même qu'elle vous frappe, est conduite par son amour; d'ailleurs, vous trouverez sur votre chemin non un Cyrénéen, mais un Ananie compatissant qui allégera votre fardeau. Allez donc à lui avec confiance, car le prêtre, vous le savez, est un bon pasteur , qui consume sa vie toute entière dans les labeurs d'une ardente charité , et se sacrifie, s'il le faut, pour les ouailles confiées à sa garde.

ANNETTE.

Pour les ministres du Seigneur , nous sentons une profonde estime, une grande vénération.

LA RELIGION.

Maintenant, je vous remets une couronne hérissée d'épines, symbole de la mortification que vous devez exercer sur tous vos sens, et des épreuves de la vie qui plus d'une fois feront saigner votre cœur.

EULALIE.

Oh! c'est là ce qui effraie notre débile courage. Eh quoi! il nous faudra vivre d'abnégation et de sacrifice , alors que de toute part le monde nous offrira ses plaisirs et ses fêtes, ses honneurs et son or.

LA RELIGION.

Oh! mes enfants, l'âme chrétienne s'élève bien au-dessus de ces riens qu'on nomme richesse, plaisirs ; toutefois , ne vous méprenez pas sur mes paroles : je suis loin de vous dire , renoncez à toutes les jouissances d'ici-bas ; quittez parents, amis, pour vous ensevelir dans de sombres monastères qui ne recèlent dans leurs murs que les âmes vouées à toutes les rigueurs de la pénitence, et décidées à ne parcourir d'autre chemin que celui du Calvaire. Sans doute, c'est là une voie assurée pour aller au ciel ; mais elle n'a été tracée que pour quelques âmes d'élite, dont peut-être aucune de vous ne doit faire partie. Restez donc au milieu du monde pour l'édifier. Si la Providence vous donne des richesses, usez-en comme Tobie, n'y attachant point votre cœur, ne vous en servant que pour le bonheur de vos frères. Si vous êtes haut placées dans l'échelle sociale, que tous vos actes portent le cachet du bon exemple, et que, sous l'influence de votre conduite, le sentiment du bien se développe autour de vous. Enfin, quelle que soit la position que vous occupiez dans la société, suivez inviolablement la voie de l'honneur et de la vertu.

TOUTES ENSEMBLE.

Nous vous le promettons.

LA RELIGION.

Et puis, mes enfants, je ne vous abandonnerai pas, j'aurai toujours pour vous ces canaux dont la source est au ciel, et qui portent sans cesse à l'âme

exilée les précieux écoulements de la grâce. Allez
donc souvent vous plonger dans la piscine salutaire, qui redonnera à votre vêtement l'éclat et la
blancheur qu'un souffle corrupteur aurait pu ternir. Allez reconforter votre âme au banquet sacré,
là vous trouverez force et lumière pour résister aux
séductions d'un monde pervers.

ENSEMBLE.

Ah ! nous iront souvent.

LA RELIGION.

Enfin soyez assidues à mes saints offices, et écoutez avec respect la parole que je place sur les lèvres
de mes ministres ; gardez-là dans votre cœur, cette
parole édifiante, et qu'elle se reflète dans votre
conduite.

ADÉLAÏDE.

Ah ! nous goûtons, toutes, la sagesse de vos
conseils.

LA RELIGION.

Si vous les suivez, ces conseils ; si votre cœur est
toujours docile aux inspirations dont je vous favo-
riserai chaque jour, soyez sûres que vous sortirez
de la lutte victorieuses et triomphantes. Aimez
donc cette croix, que le mondain cherche à rejeter

loin de lui: Par ce signe, vous vaincrez vos ennemis. Buvez courageusement à la coupe de l'épreuve,
son amertume se changera en ineffables douceurs ;
acceptez la couronne sanglante, bientôt elle fera
place au rayonnement de la gloire.

ADÉLAÏDE.

C'est avec une vive reconnaissance que nous
recevons les livrées de la douleur, puisque ce sont
les garants de la félicité vers laquelle nous aspi-
rons toutes.

LA RELIGION.

Je n'entre point dans le détail des œuvres qu'une
chrétienne doit accomplir sur la terre. Ici, on vous
a initiées à toutes les obligations que nous impose
le titre d'enfant de Dieu ; aussi je ne doute pas
que vous ne soyez la consolation et l'honneur de
vos familles, la consolation de vos pasteurs res-
pectifs. Je vous quitte avec cette douce espérance.
Pardonnez-moi d'avoir retardé l'instant heureux
qui doit récompenser vos succès.

ANNETTE.

Oh ! pourrions-nous assez vous remercier de
votre tendre sollicitude pour le jeune âge.

EULALIE.

Le tableau que vous avez déroulé à nos yeux, a tout d'abord effrayé nos âmes timides ; mais le talisman précieux *(montrant la croix)* que vous avez remis en nos mains, nous a fortifiées d'une force divine, et nous sentons toutes que rien ne pourra nous séparer de ce signe sacré, de cet étendard victorieux.

LA RELIGION.

Ah ! je l'espère, à l'heure suprême, je le trouverai sur votre poitrine haletante... Il recevra le dernier soupir que vous exhalerez sur la terre d'exil, et bientôt il vous ouvrira les portes de la céleste patrie. Ah ! c'est là qu'éternellement vous remercierez Dieu de vous avoir fait naître au sein de la Religion. C'est là qu'éternellement vous vous féliciterez d'avoir été fidèles aux préceptes de votre Dieu, et dociles à ma voix. *S'adressant aux autres Elèves :* Pour vous, mes enfants, qui avez encore bien des jours à passer dans cette sainte retraite, livrez-vous à une douce sécurité ; les flots de la mer, en courant, se brisent au pied de cette enceinte ; le vent brûlant du désert s'attiédit en pénétrant dans cet asile, où je répands sans cesse avec abondance la rosée de mes bienfaits ; jouissez-en, ils vous conserveront le bonheur et l'innocence.

HÉLÈNE.

C'est là tout notre désir ; car des liens pleins de douceur, de force nous attachent à cet asile. Ah ! n'est-ce pas ici que, sous l'œil d'un guide vénéré, nous avons essayé nos premiers p as dans le sentier de la vertu; ici que la main de notre bon Père nous a rompu pour la première fois le Pain des Anges ; ici enfin que nous goûtons les charmes d'une douce amitié.

LA RELIGION.

Ah ! que j'aime à vous voir grandir en chérissant le toit qui abrite votre enfance ! que j'aime à contempler vos fronts candides et purs , parés de la fraîche couronne de l'innocence ! Sur vous , mes yeux se portent avec bonheur ; oui, je vous contemple avec délices.

ESTELLE.

Naguère aussi sur notre tête brillait la reine des fleurs, mais déjà elle s'est étiolée pour nous.

LA RELIGION.

Tout ici-bas est ainsi éphémère. Le temps sur ses ailes rapides emporte d'abord les joies si pures

du premier âge; puis, les plaisirs de l'adolescence;
enfin, il promène sa faux destructrice sur chacun
de nos jours; mais, je vous le répète, ne vous hâtez
pas de plonger dans l'avenir un regard trop avide;
jouissez du présent. En vous quittant, je vous
laisse la promesse de vous aimer toujours de prédi-
lection; de vous prodiguer, comme à vos devan-
cières, mes faveurs les plus signalées.

EUGÉNIE.

Ah! daignez, en retour de cette douce promesse
et de vos immenses bienfaits, recevoir nos serments
de fidélité et d'amour.

CHANT.

Religion pure,
Nous t'aimerons,
Je te le jure,
Nous te suivrons.
Bénis sans cesse
Notre jeunesse.
Oui, donne-nous
Tes dons si doux.

LA RELIGION.

Enfants, je vous bénis... Suivez-moi. Et vous,
jeunes enfants, représentants de vos frères du ciel,

Anges de la terre qui, en ce jour, formez mon escorte, que j'aime à vous contempler, etc.

AUTRE CHANT.

O Religion, douce fille du Ciel,
Nous vous jurons un amour éternel.
Sous votre égide abritez-nous sans cesse.
Bénissez-nous, guidez notre jeunesse.

PETITS DISCOURS

DISCOURS D'OUVERTURE

Avant le Dialogue JUGEMENT NATIONAL.

UNE ÉLÈVE SEULE.

Messieurs,

Nos cœurs battent bien fort... Dans cette douce arène,
Nous allons sous vos yeux commencer nos débats ;
Si l'une d'entre nous se trouvait dans la peine,
Qu'un sourire aussitôt la rappelle aux combats !...
Voilà de notre ardeur la timide assurance :
Tout ici nous promet la gloire, le bonheur.
Nous courrons, nous vaincrons par votre bienveillance,
Et nos fronts couronnés vous devront cet honneur.

DISCOURS DE CLOTURE

APRÈS LE MÊME DIALOGUE.

MESSIEURS,

Au moment solennel qui marque la fin de nos modestes combats, nous ne saurions vous peindre d'une manière assez vive toute la satisfaction, tout le bonheur que nous fait goûter votre honorable présence dans cette enceinte. Comme de généreux protecteurs, comme de bons pères, vous êtes venus sourire à nos efforts et encourager nos succès. Aussi votre indulgence a été notre appui ; vos applaudissements ont excité notre ardeur; vos regards ont élevé nos pensées, et votre bonté a fait le sujet de notre espérance. Cette paternelle bienveillance dont vous entourez le jeune âge, nous fait contracter envers vous, Messieurs, une dette sacrée de reconnaissance. Nous tâcherons de l'acquitter en acquérant les talents et les vertus qui doivent embellir notre vie, et qui seront notre plus précieux trésor. Nous le savons, Messieurs, ce sont là vos vœux ; c'est notre bonheur qui excite votre sollicitude ; c'est notre avenir que vous préparez en encourageant nos progrès dans la carrière littéraire.

Pénétrées de cette douce pensée, nous n'aurions pu nous résoudre à quitter ces lieux paisibles où s'est abritée notre enfance, sans vous offrir l'expression de notre vive gratitude et de notre respectueuse tendresse.

Vénérable Pasteur, vous dont la présence au milieu de nous est toujours un bonheur , nous aimons à déposer à vos pieds le tribut d'hommages que nous vous devons. Puissiez-vous trouver dans nos faibles efforts, un dédommagement à votre incessante sollicitude, à vos bienfaits de chaque jour. Que Messieurs les respectables Ecclésiastiques, qui par leur présence honorent cette fête si douce pour nous, que le premier Magistrat de cette ville, avec les honorables Membres attachés à sa haute administration, et dont le zèle protecteur concourt si puissamment au bonheur de la jeunesse, ne refusent point leur part à nos félicitations, à notre vive gratitude. Et vous, Parents vertueux, qui, par de nombreux sacrifices, nous faites puiser aux sources fécondes d'une pieuse et solide instruction , ah ! nous aimons à vous le promettre en ces instants solennels, nous recueillerons les fruits de la bonne éducation que vous nous faites donner, et , si nous sommes assez heureuses pour obtenir quelques succès , si nous voyons le regard de satisfaction se reposer sur vos enfants, nous serons bien payées de tous nos labeurs passés. Déjà tout est oublié ; tout maintenant n'est que bonheur pour nous.

Mais le moment approche : nos cœurs sont profondément émus. Que d'impulsions fortes et sensibles les font tressaillir ! L'ambition les agite, mais une noble et sainte ambition. Le prix que nous désirons, c'est une modeste couronne, qui doit être décernée à la vertu, aux talents, à la constante application.

Qu'elle apparaît belle à nos yeux, cette couronne, dont la brillante auréole doit se refléter jusques sur nos familles ! S'il nous est donné de la voir déposer sur nos fronts, si nous avons pu mériter vos suffrages, Messieurs, nos vœux seront remplis, et les succès de cette année seront un puissant motif d'encouragement pour les années suivantes.

———

DISCOURS DE CLOTURE

Pour faire suite au Dialogue LES PRÉTENDANTS
A LA COURONNE.

Le petit Discours d'ouverture ne figure pas ici ; il est attenant au Dialogue suivant :

MESSIEURS,

Nos luttes et nos combats ont cessé ; la gloire factice d'une puissance éphémère, qui en était le prix, s'est enfuie en même temps, et nous sommes rendues à nous-mêmes, à nos devoirs les plus chers, comme aux douces émotions de cette fête de famille, dont l'aurore nous a apparu si brillante et si pure, et que nos vœux appelaient depuis longtemps.

Si vous ne voyez ici que des visages ouverts, et des yeux empreints de la joie la plus pure, n'en soyez pas surpris, Messieurs; près de nos pères et de nos protecteurs, qui viennent exciter notre émulation et couronner nos efforts, comment nos cœurs ne seraient-ils pas émus et satisfaits, comment ne déborderaient-ils pas d'amour et de reconnaissance?... Enhardies par les regards pleins de bonté que vous promenez sur vos enfants, et franchissant les barrières de la timidité que donne notre âge, que ne puis-je tracer ici le tableau fidèle de vos vertus !...

Mes chères Compagnes, donnons un libre essor à nos transports d'admiration, ne mettons point de bornes à notre juste reconnaissance, aujourd'hui que nous possédons au milieu de nous, avec notre vénéré Pasteur, le premier Magistrat de cette ville, cet honorable fonctionnaire dont la paternelle sollicitude s'étend si généreusement sur tous ses administrés. Le bien-être de la population, l'amélioration progressive du sort de tous le préoccupe vivement, personne ne l'ignore. Ici, tous les faits ont un but civilisateur ; tous concourent à entourer le jeune âge d'une félicité effective.

Que nous sommes heureuses, Messieurs, d'être initiées au chemin de la vertu dès le printemps de notre vie, sous la douce influence de votre étoile tutélaire ! Oui, nous sommes heureuses ; et c'est pour nous faire apprécier notre bonheur à sa haute valeur que vous avez daigné suspendre vos importantes fonctions pour venir nous exciter, par votre présence, à graver profondément en nous les leçons de sagesse qui nous sont données ici.

Eh bien ! oui, Messieurs, nous garderons un long et touchant souvenir de ces leçons divines que la Religion nous donne avec une si touchante tendresse, elles vivront à jamais dans notre âme comme un des plus beaux reflets qui l'ennoblissent, et comme une des plus suaves impressions qui la parfument.

Vénérable Pasteur, votre tendresse pour nous, et le zèle infatigable que vous déployez en notre faveur, sont autant de voix qui réclament de notre part le tribut de la plus vive reconnaissance. Soyez à jamais béni, ô vertueux Ministre du Ciel ! Que les faveurs célestes se répandent abondamment sur vous, et que le divin Pasteur daigne vous conserver longtemps à l'amour de votre peuple !

Honneur, Messieurs, nos repectables Magistrats, honneur à vos soins généreux, qui font fleurir dans cette ville l'instruction religieuse, seule garantie du bonheur des peuples et de la félicité des Etats !

Honneur, amour et reconnaissance à vous, pères et mères, qui ne voyez rien au monde de si précieux que vos enfants, et qui savez leur faire donner une éducation digne de vos nobles sentiments et de vos vertus !

Ainsi, Messieurs, vous concourez tous puissamment à notre bonheur, et vous nous préparez les plus belles destinées, à nous qui sommes jeunes encore, et qui croissons à l'ombre de votre honorable protection.

DISCOURS DE CLOTURE

Pour faire suite au Dialogue LA LANGUE ÉTUDIÉE DANS SES PRINCIPES.

MESSIEURS,

Les efforts que nous avons faits , dans le cours de l'année, pour assurer nos succès et mériter vos honorables suffrages, font place maintenant à la crainte et à l'espérance, qui , tour-à-tour, s'emparent de notre âme, et lui font éprouver de puissantes émotions. Cependant, avec quel transport n'avons-nous pas redoublé d'ardeur pour le travail, quand nous avons vu approcher l'époque de la distribution des prix! Comme les difficultés nous ont paru faciles à surmonter en nous représentant le moment solennel, où, environnées d'une auguste assemblée, nous aurions pour témoins et pour juges de nos progrès, notre vénéré Pasteur, nos respectables Magistrats; ah! alors, nous avons travaillé avec confiance, et le doux espoir de mériter leur estime et de recevoir une récompense, est venu souvent nous animer encore, et doubler notre courage.

C'est bien maintenant que nous apprécions mieux que jamais toute l'importance de l'étude, c'est dans ces moments de profonde émotion que nous nous félicitons des efforts que nous avons faits, que nous nous applaudissons des privations que nous nous sommes imposées pour être plus assidues au travail, et obtenir une couronne qui flatte nos regards et fait palpiter nos cœurs!

Mais, Messieurs, qu'il nous soit permis de le proclamer ici, devant cette auguste assemblée, c'est dans cette maison aimée, dans cette maison, asile de l'innocence, que nous avons vu couler nos plus beaux jours, sous l'égide de la Religion. Puissions-nous ne jamais dégénérer des sentiments que nous y avons puisés; et marcher constamment dans les sentiers de la vertu, dont on s'est

plu à nous retracer si souvent la douce image, pour
nous apprendre à la chérir, basée sur une morale
pure et vraie !

Nous garderons longtemps le souvenir des en-
seignements que nous avons reçus et de ceux qui
nous les ont donnés. Jetées plus tard sur les di-
verses routes de la vie, nous aimerons encore à
reposer quelquefois nos regards sur nos premières
années, pour rafraîchir notre âme à leur doux souvenir. Vénérables Pasteurs, votre présence dans
cette enceinte ajoute à notre bonheur. Daignez
agréer nos humbles actions de grâces, vous, notre
bon Père, dont la tendresse pour nous et l'incessante sollicitude, nous ont fait contracter une dette
sacrée d'éternelle reconnaissance.

Puissions-nous un jour répondre à tous vos
vœux, et vous prouver, par nos vertus, que nous
avons compris l'étendue de l'amour et de l'honorable intérêt que vous voulez bien nous té-
moigner.

On nous a appris à vous vénérer, respectables
Magistrats, dont l'active bienfaisance s'étend autour de nous, et nous remplit d'admiration et de
gratitude. Nous aimons à vous regarder comme nos
pères ; vous en avez pour nous la tendresse; et votre
touchante sollicitude pour le bien-être de toute la
population, semble reposer plus efficacement en-

coré sur la jeunesse, dont vous êtes les puissants et généreux protecteurs.

Chers et vertueux parents, qui nous entourez de tant d'amour, qui n'êtes occupés que de notre avenir; ah ! nous comprenons toute l'étendue des sacrifices que vous vous imposez pour nous faire donner une bonne éducation. Vos soins ne seront pas infructueux : un jour nous vous dédommagerons de tant de peines et de sollicitudes. Pères vénérés, mères chéries, vos enfants seront votre joie, votre consolation. Puissent notre gratitude et notre tendresse pour vous, être toujours douces à nos cœurs !...

Reconnaissance à cette auguste assemblée, qui nous honore en ce moment de sa présence, et nous donne les témoignages les plus flatteurs de ses sympathiques sentiments pour nous. Vivez, Messieurs, pour encourager le mérite et frayer encore le chemin de la vertu à plusieurs générations.

DISCOURS DIVERS

POUR LES DISTRIBUTIONS DE PRIX.

MONSIEUR LE CURÉ,

Tous nos vœux sont remplis ; nous sommes heureuses au de-là de nos espérances. Mais avant d'aller répandre dans nos familles la joie qui dé-

borde de nos cœurs, nous éprouvons le besoin de
déposer à vos pieds toute notre reconnaissance pour
la paternelle sollicitude dont vous daignez nous
honorer, pour les soins touchants que nous recevons
de votre inépuisable bonté, depuis l'heureux jour
où le ciel vous confia le soin de notre unique trésor,
le soin de nos âmes. Oh ! béni soit mille fois le
Dieu bon qui vous inspira la généreuse pensée d'apporter à cette paroisse les bienfaits de votre zèle et
de la charité de Jésus-Christ ! Qu'elle soit bénie,
qu'elle soit comprise et saintement pratiquée, cette
Religion divine, qui inspire de tels dévouements !
Pour nous, qui sommes ses enfants et les vôtres,
vénéré Pasteur, nous apprendrons à l'école de votre
sagesse, à la connaître toujours mieux, à la goûter,
cette Religion si pure et si douce, toute fondée sur
l'amour. C'est la consolation que vous attendez de
vos enfants, elles veulent vous la faire goûter en
retour de tous vos bienfaits.

Maintenant, ô notre bon Père, avant d'aller pré-
senter à nos parents les fruits de notre travail et de
notre bonne volonté, ces couronnes si ardemment
désirées, et qui nous sont devenues plus précieu-
ses encore en passant par vos mains, nous voulons
les offrir à l'auguste Vierge, Mère de Dieu, afin
qu'elle daigne bénir tout ensemble et les récompenses et les enfants qui les ont méritées, et le
digne Pasteur qui veille sur nous.

MESSIEURS,

Lorsque vous daignez quitter vos sérieuses et hautes occupations pour encourager et bénir les travaux d'une tendre jeunesse, c'est un devoir pour nous de vous exprimer notre joie comme notre reconnaissance. Votre présence dans cette enceinte, nous aimons à le dire, est un signalé bienfait, elle a stimulé dans nos cœurs l'ambition du succès, exalté la faiblesse et soutenu les efforts de celles qui parmi nous touchent au terme de la carrière. Quelque modeste, quelque restreint que soit le cercle des connaissances qui conviennent à notre sexe, le sentier des études se présente toujours semé de difficultés et d'épines ; mais, vous, vénéré Pasteur ; vous, dignes Magistrats de cette ville ; vous tous, Messieurs, vous nous l'avez rendu plus facile. C'est de vous que nous avons appris que le travail de l'intelligence cache un doux trésor, qu'il porte avec soi l'amour du devoir, et nous prépare les joies les plus vives comme les plus pures. Et déjà, Messieurs, quand votre bienveillant intérêt nous entoure de sa plus chère sollicitude, quand nous nous voyons favorisées de suffrages tels que les vôtres, aussi honorables qu'importants, il n'est plus de fatigues pour nous, et nous sentons tout le prix du travail de notre âge. Heureuses, Messieurs, si nous pouvons répondre à votre attente, et nous trouver de plus en plus dignes de votre bienveillance.

MESSIEURS,

Lorsque nos yeux parcourent cette enceinte, nous sentons nos cœurs battre d'une noble fierté et d'un bien vif bonheur. Guides indulgents de notre enfance dans le sentier de la vertu, nous sommes heureuses de vous voir prendre part à nos joies d'enfants, à nos modestes triomphes. Oh ! nous comprenons le secret de votre zèle, mêlé à celui de votre admirable condescendance, Ministres d'une religion qui doit se mêler à tous les actes de la vie; vous venez nous rappeler cette vérité par votre présence; vous voulez que le doux souvenir de ce jour ne vienne plus tard caresser notre âme que joint à un souvenir pieux; c'est là sans doute le désir de votre charité, et nous le réaliserons.

Nous sommes bien émues aussi en voyant les auteurs de nos jours partageant nos espérances et nos appréhensions. Oh ! si dans un instant un prix nous est décerné, nous nous en réjouirons surtout à cause d'eux-mêmes; c'est à eux que nous en offrirons l'hommage.

Plusieurs d'entre nous recevront aujourd'hui pour la dernière fois une récompense qui encourage les efforts d'une année entière ; mais désormais nous aspirerons à une autre bien capable d'exciter nos désirs, je veux parler de la satisfaction de ceux qui nous dirigent dans la voie de la vertu et du bonheur, et nous nous plairons à regarder cette récompense comme un prélude des récompenses immortelles dont nous leur serons en grande partie redevables.

Pour nous le jour des prix toujours est radieux,
Soit que l'astre du jour de beauté resplendisse,
Soit que sous un nuage il se cache à nos yeux.
Car sous notre beau ciel un autre soleil glisse :
C'est celui du bonheur, astre aux rayons ardents
Qui fait éclore en nous l'espérance et la joie
Et nous fait oublier les ennuis précédents,
Ecueils dont la science avait bordé sa voie.
Ah ! bien souvent sur eux faillit de se briser
Notre naissante ardeur à poursuivre l'étude ;
Quelle puissance alors venait la ranimer
Et mettre un frein utile à son incertitude ?
Pendant que notre front, pour calmer sa douleur,
S'inclinait attristé sur nos mains réunies,
Notre esprit fatigué, désirant du bonheur,
Appelait devant lui des époques chéries ;
Lorsque chacune offrait de ravissants plaisirs,
Son regard contemplait tout leur brillant cortége ;

Mais en distinguait une, objet de ses désirs,
Une qui de sa voix constamment nous protége :
C'était le jour des prix... Sous des traits respectés,
Il voyait resplendir le sceau de la puissance.
Céleste et doux reflet de deux autorités,
De celle qui protége et défend l'innocence,
Et qui sur la cité répand mille bienfaits ;
Et puis de celle encor que les Anges admirent,
Qui sait de la vertu faire aimer les attraits,
Et qui peut prodiguer aux cœurs qui les désirent
D'un Dieu puissant et bon tous les trésors d'amour.
Et de ces deux grandeurs s'inclinant vers l'enfance
Pour louer ses efforts, rendre plus beau ce jour,
Notre esprit admirait la douce bienveillance,
Il écoutait, charmé, leurs accents paternels.
Puis, sous un autre aspect il revoyait l'étude ;
En elle il découvrait des plaisirs purs, réels ;
Il s'y abandonnait avec sollicitude,
Et le Ciel imploré vint bénir ses efforts.
Maintenant le bonheur sur notre front rayonne,
Et nos cœurs sont livrés aux plus charmants transports.
Mais nous le redisons : ces prix, cette couronne,
Nous les devons à Dieu, puis à nos bienfaiteurs.
Viens donc, belle vertu de la reconnaissance,
Viens leur offrir les vœux, les tributs de nos cœurs ;
Ils les accepteront : telle est notre espérance.

MESSIEURS,

Votre présence en ces lieux au jour le plus beau de notre année scolaire, est la plus vive de nos joies et la plus douce des récompenses accordées à notre travail ; elle nous rend d'autant plus heureuses qu'elle nous présente l'occasion de satisfaire le besoin irrésistible qu'éprouvent nos cœurs de vous offrir l'hommage de leur gratitude pour les bontés toujours renaissantes dont vous nous entourez. Comment n'être pas sensible à tant de générosité, d'empressement et de bienveillance !

Une éducation chrétienne ; des connaissances qu'un jour réclamera notre position dans la vie, quelque modeste qu'elle puisse être ; d'importantes et sages améliorations tendant à notre bien-être physique durant les instants consacrés à notre instruction ; la semence de toutes les vertus jetée dans nos jeunes âmes, et nourrie par le suc divin de la parole éternelle, par le pain de vie ; tels sont les bienfaits réunis que nous devons à votre double protection, dignes Magistrats, vénérés Pasteurs. Pour répondre à tant de bonté, nous n'avons que les sentiments qu'elle a fait naître. Mais je me trompe, Dieu n'entend-il pas toujours les prières reconnaissantes de l'enfance ? Nous lui présenterons nos vœux pour le bonheur de ceux qui pour nous le représentent sur la terre, et il répandra dans leurs âmes, nous l'espérons, ces charmes si purs qui embellissent la vie, et qui ne sont goûtés dans leur plénitude, que par ceux qui suivent les nobles penchants de la douce et aimable bienfaisance.

Monsieur le Curé,

La joie de ce beau jour se bornerait-elle au plaisir de quelques récompenses? Non, un sentiment plus noble occupe notre pensée et fait battre nos cœurs. La reconnaissance, cette vertu de tout âge, réclame ses droits et veut trouver sa place, à la fin de cette année d'étude. Laissez, digne Pasteur, laissez vos enfants vous redire en leur simple langage, tout le bonheur qu'elles éprouvent à être les objets de votre bienveillante sollicitude. Toujours occupé de nos plus chers intérêts, au milieu de tant d'autres préoccupations si graves et si pressantes, vous ne dédaignez pas de revenir au milieu de nous, encourager nos efforts, récompenser notre bonne volonté; et, comme toujours, nous avons trouvé en vous un protecteur, un père. Oh! Monsieur, quel témoignage vous donner de notre gratitude? Hélas! inhabiles à exprimer nos sentiments, nous ne savons que vous dire ; malgré l'insouciance que l'on reproche à notre âge, nous apprécions le tendre et constant intérêt dont vous nous honorez, l'active et paternelle vigilance avec laquelle vous suivez tous nos pas , et nous prions sans cesse le Dieu rémunérateur de vous en récompenser. Oui, chaque jour, dans le secret de la prière, nous appelons sur vous, digne Pasteur, les bénédictions célestes. Puisse ce faible tribut de reconnaissance, que nos cœurs éprouvaient le besoin de vous exprimer et de vous offrir, nous mériter la continuation de vos bontés. Vous avez aussi un droit à notre reconnaissance, vous tous qu'un bienveillant intérêt pour notre jeune âge a réunis ici, et dont la présence a quelque chose de si flatteur pour nous ; votre approbation indulgente en même temps qu'elle est une récompense pour nos succès , laissera dans notre souvenir comme un encouragement à de plus grands efforts.

Pour vous, chers parents, votre amour ne sera pas trompé; ce jour, nous l'espérons, va offrir quelques dédommagements à votre tendresse ; encore quelques instants, et vous serez heureux de nos succès ; et nous, nous serons plus heureuses encore de pouvoir déposer dans vos mains le fruit de notre travail et de nos sacrifices.

A UN PROTECTEUR SPÉCIAL DES ÉTUDES.

MONSIEUR,

Avant de rentrer dans nos familles, nous éprouvons le besoin de vous exprimer toute notre reconnaissance pour la constante sollicitude dont vous nous avez honorées. Notre pensée, en se reportant sur cette année d'étude qui va finir, aime à se rappeler ces moments précieux où nous vous avons vu au milieu de nous, encourageant nos efforts, applaudissant à nos faibles progrès. Chaque fois que vous veniez au milieu de nous, nous sentions se ranimer notre ardeur pour le travail ; l'importance que vous attachiez à nos succès, nous faisait comprendre celle que nous devons y attacher nous-mêmes ; toutes les difficultés disparaissaient à nos yeux, tant votre parole avait de force pour nous faire apprécier les utiles connaissances que nous puisons ici. Aujourd'hui, celles qui auront mis le plus de persévérance à se souvenir de vos sages conseils, vont commencer à en recueillir les heureux fruits, et à en recevoir les premières récompenses, emblême de celle que l'avenir réserve à notre application. Si toutes ne sont pas couronnées, et ne peuvent porter à leurs parents un témoignage précieux de votre satisfaction, toutes au moins emporteront avec elles le souvenir de votre bonté, de l'intérêt touchant que vous prenez à leurs études, des encouragements que vous leur prodiguez et le désir d'y mieux repondre l'année prochaine. Après ces premiers pas faits dans la carrière de la science, vous voulez que nous nous reposions un moment. Ce repos nous l'emploierons à prendre de nouvelles forces, à nous préparer à de nouveaux progrès, et lorsque arrivera le jour qui doit nous réunir encore, pour recommencer ici notre travail, nous viendrons sans regret, afin de compléter les connaissances que nous avons déjà acquises, reprendre le cours de nos modestes études.

l'Ange Gardien.

Dès qu'un nouveau convive au banquet de la vie,
De sa tendre innocence apporte le trésor,
Un messager divin déserte la patrie,
Et couvre son berceau de ses deux ailes d'or,
Que cet enfant soit né dans une humble chaumière
Ou qu'au palais des rois il ait reçu le jour,
Le céleste envoyé, comme une bonne mère,
Entoure ce dépôt d'un ineffable amour.
Oh ! qu'il est beau de voir ce conducteur fidèle ,
De cet autre Tobie accompagner les pas !
Dans ce pénible exil, si parfois il chancelle,
Le guide généreux le porte entre ses bras,
Comme une jeune fleur entr'ouvre son calice

Aux rayons bienfaisants de l'astre radieux,
Le pupille du ciel croît sous l'aile propice
D'un tendre Raphaël, d'un conducteur pieux.
Quand l'enfant est docile à sa voix caressante,
Il est toujours heureux, le bon Ange Gardien ;
Il porte en souriant sa prière innocente
Au Diéu de la jeunesse, à l'Auteur de tout bien.
Malgré ses tendres soins et sa sollicitude,
Souvent on se rend sourd à sa céleste voix ;
Mais sans se rebuter de tant d'ingratitude,
Lui, de sages Mentors, pour eux, il fait le choix.
Tantôt c'est un pasteur étendant sa houlette,
Qui vient nous indiquer le sentier des vertus ;
A ses chères brebis bien souvent il répète :
Suis-moi, charmant troupeau, je te mène à Jésus.
Tantôt c'est une mère aux regards pleins de charmes,
Dont l'aimable présence annonce le bonheur ;
Son maternel amour sait essuyer nos larmes,
Et ses bras caressants nous pressent sur son cœur.
Ah ! qu'il fait bon revoir, après dix mois d'absence,
Tous ces parents chéris, ces anges protecteurs !
Oui, laissons échapper notre reconnaissance
Et les transports si donx qui remplissent nos cœurs.
Mais il est en ce jour de bien douce allégresse,
De dignes Magistrats qui viennent l'embellir ;
Ah ! recevez, Messieurs, notre bien pure ivresse !
Nos cœurs de vos bienfaits garderont souvenir.
D'amis si dévoués, émules du bon Ange,
Proclamons en ce jour les bienfaits généreux ;
Sur la terre, ô Seigneur, donne leur sans mélange
Le bonheur le plus pur, la douce paix des cieux.

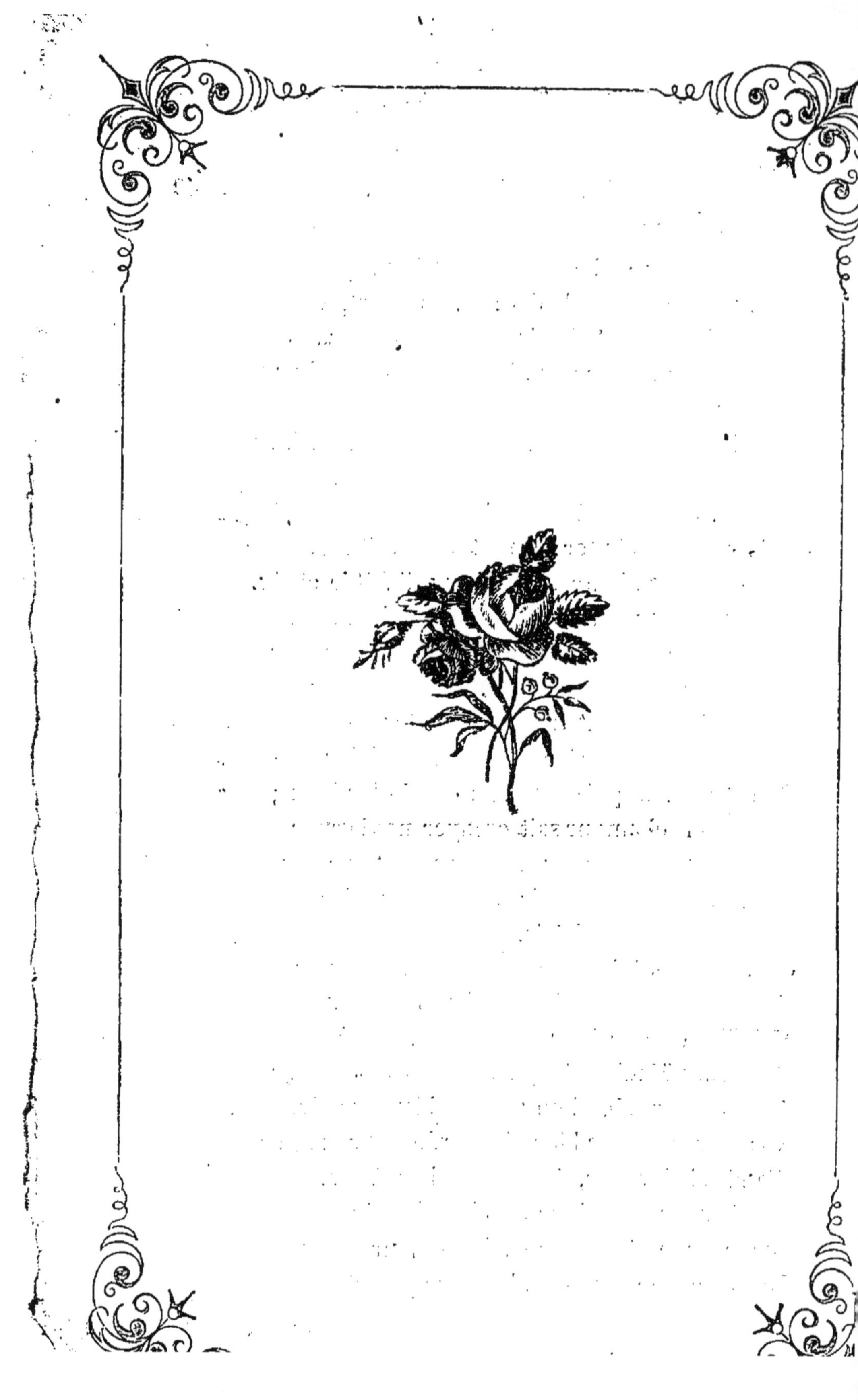